极简主义建筑
MINIMALISM
architecture

LOFT Publications

陕西师范大学出版社

ZITO 迷你建筑设计丛书

　　这套丛书对近期出现的优秀建筑作品作了一次全面的总结。它将现代流行的商用及居住空间分为10个大类，在结合各类空间特性的基础上，对每一设计详加评述和分析。该丛书不仅涉猎甚广，更真实反映了国际流行的设计思潮，展现了最具诱惑力的设计语言。

1. 休闲场所－建筑和室内设计
2. 酒吧－建筑和室内设计
3. 餐厅－建筑和室内设计
4. 咖啡厅－建筑和室内设计
5. 住宅设计
6. 阁楼
7. 极简主义建筑
8. 办公室
9. 水滨别墅
10. 小型住宅

在建筑艺术发展的进程中，虽然特定流行趋势只适应于某一特定阶段，但有些流行趋势却是前后重复的。在一段时间的危机之过后，人们开始重新考虑现在流行趋势的基本要素。人们不止一次的重拾清醒，寻找真正的流行根源并拒绝过分装饰。受现代主义运动的驱使，建筑艺术在20世纪60年代末经历了它的第一个认同危机，这次危机催化了极简主义和波普主义。后来，作为后现代主义和解构主义的双重作用，反对无意义的规范化的新思想流派登上了历史舞台。

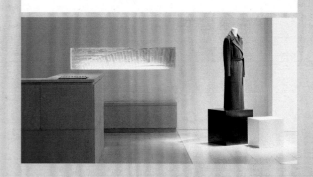

　　对极简主义者来说，这种思想流派的兴起意味着又回到了起点。这意味着通过使用最少的元素和笔画去实现建筑的实质。这并不是否定、排除和清教徒主义，但是，却包含了一个创造光、体积和质量等基本理念的过程。从形式上来说，这是朴素而简单的，但是，前提却基于复杂而高度发达的技术。这种设计使空间简明、宽敞，没有多余的元素阻碍。

　　在保持一定共性的同时，本书将给各位介绍一些具代表性的作品。它们并非来自于外来的哲学理论，也不是它们唤起的、所代表的和所实现的事物的反映，而仅仅来自建筑师的思想以及它们与背景环境的关系。

瓦伦西亚市中心 Civic Center in Ridaura

设计：阿兰达、皮戈姆和维拉塔工作室 Aranda, Pigem and Vilalta
摄影：© 尤金妮·庞斯 Eugeni Pons   地点：西班牙瓦伦西亚 Ridaura

该项目设计的主导思想就是尊重环境，即在建造中心的同时，还要保证不影响其周围原有的风貌。

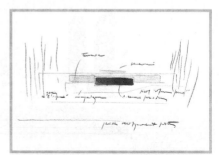

在瓦伦西亚这个小城里，仅有的公共建筑就是教堂及村委会，还有一所位于某建筑一层的小学校。因为缺少社区活动场所，村里人们决定建一座可以容纳各类文化、娱乐及体育设施的社区中心。他们遇到的挑战就是既要设计兴建一个灵活的、适用于各类社会活动的中心，又要令其与古老的乡村风貌融为一体。

建筑师设计的建筑为一横向的平行六面体，尽量突出教堂的竖向轴线。小巧的建筑横穿整个场地，前面形成一个广场，在建筑后方另有另一块供游戏、跳舞及运动的空地。两个露天场所由建筑侧面的一排回廊连接。

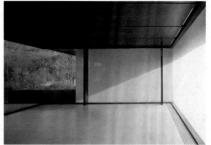

什么使瓦伦西亚市的社区中心显得如此独特呢？原因是它的现代的建筑外形与古朴的乡村氛围构成了强烈对比。阿兰达、皮戈姆和维拉塔不愿因当地浓浓的乡村气息而放弃现代派的建筑风格。天窗、平台、拱廊及视觉角度的设计都令建筑富于个性和情感，并使其能够适应各类活动。宽大的玻璃窗及楣窗，令室内充满阳光。

司法学学院 The Faculty of Judicial Sciences

设计：阿兰达、皮戈姆和维拉塔工作室 Aranda, Pigem and Vilalta
摄影：© 尤金妮·庞斯 Eugeni Pons   地点：西班牙赫罗纳 Girona

这个项目的独创性在于它建造了一栋实用的建筑，为感官享受提供了空间。

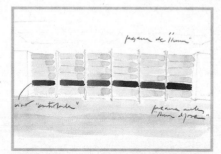

该学院是设计师极具特色的品味在厄鲁特这个小城的表现：醒目的柱子、大量奇异的外部空间、对室内光线的精确控制、特别的突出或掩饰手法和全面到位的施工。设计师决不放过任何可抓住的细节。

设计师需要巧妙解决场地的坡度问题。他在基础部分垫上宽阔的台石，同时使建筑保持着独立性。

这个项目是"实"和"虚"空间的结合体。一共有两种类型的"虚"空间。建筑外部有天井和露台，内部则设有挑空间、高台和走廊。

室内功能区的分配很复杂，设计师选择将它们掩饰起来。从建筑外部看它的立面，一种能透入光线、性质单一的物质围合着它。只有为照亮室内天井而设的竖向槽孔打破了建筑立面的这种统一。

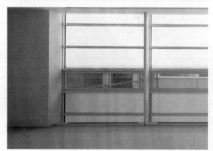

奥修国际办公室 Osho International Offices

设计：丹尼尔·罗文 Daniel Rowen　　摄影：© 迈克尔·莫兰 Michael Moran　　地点：美国纽约

该设计的目的是营造一个冥想的氛围，使人们暂时离开曼哈顿市中心的喧嚣与热闹。

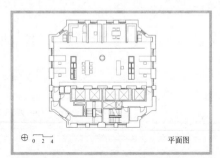

平面图

奥修国际公司是一家专营禅宗书籍的国际出版公司，该工程要设计它在纽约的公司总部。设计的宗旨是创造出这样一个办公环境，它能够反映出公司员工独特的精神。总部办公室位于摩天大楼第46层。该大楼位于纽约的莱克星顿大道，体型细高，单层面积仅为276平方米，必要设施和电梯间设在大楼的南侧。

设计的最终方案，将门厅、接待区及会议室合并成一个大空间，两侧摆满了直堆到天棚的存储柜。在该空间通往电梯间的一侧设有高达屋顶的半透明玻璃隔墙。墙的一面经酸蚀处理，另一面被抛光。这变化虽然细微，却带来视觉上的新感受。

建筑工作室 Architectural Studio

设计：GCA 建筑事务所 GCA Arquitects Associats
摄影：© 乔迪·米罗斯 Jordi Miralles 地点：西班牙巴塞罗那

虽然该设计是基于矛盾的基础上，但这个应用设计的空间仍是众多因素的焦点。

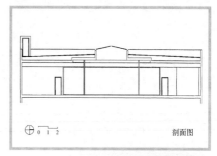

剖面图

GCA 建筑小组的工作室位于在巴塞罗那城市网络中一个老旧的纺织仓库里，占据着这座建于 1946 年的老楼的一层空间。

根据纺织业的习惯，办公室居前，仓库设在后部是很常见的。原来的办公室由一系列划分空间组成，位于正门的一侧。它们都有传统的檐口和嵌线。室内平面分布具有开放性，使用了桁架系统和钢柱。

建筑师决定保持原有的办公室设计。他们恢复了木构件，给它们装备上现代设施。这一区域将用作接待室、行政人员的办公室、管理和项目控制室。作为对应，他们还在仓库里建起了一个非常现代的设计区域。他们希望给这一区域以充足的照明，便在屋顶设计了两个大的天窗。

光是设计中最基本的因素。白墙、淡棕色的地板和玻璃墙，创造了一个中性的简约主义空间。

邦与奥尔弗森办公大楼 Bang & Olufsen Offices

设计：KHR 设计事务所 KHR AS

摄影：©艾伯·索伦森 Ib Sorensen、奥理·迈耶 Ole Mayer　地点：丹麦司丢阿 Struer

公司给建筑师提出一个要求,那就是要能够恰好反映出公司的商业地位。

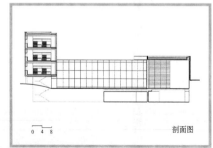

剖面图

0 4 8

本建筑的设计灵感来自于点缀在丹麦乡村之中典型的、孤立的农场。这些建筑通常包含一个内部天井,它使建筑的不同部分产生视觉联系。邦与奥尔弗森公司总部希望能建立起结构和风景之间的对话。透明的立面设计,使该建筑更显明亮,不致影响荒凉的背景以及坐落在东南方向的乡村老屋。

与平静的室外风景相比,室内的设计显得较为复杂。它从视觉上连接了所有的空间及其相应的功能。站在入口处可以觉察到室内的多种工作氛围。设在立面附近的通道,方便了员工之间的沟通和对话。

柱子采用简单的几何形式,通过连接和组合方式的变化创造丰富的空间效果,与当地景物形成互动。特殊材料的结合突出了这种效果。设计师以玄武岩、玻璃、混凝土和木材铺设不同区域的地板,起到划分空间的作用,没有再设置墙、门等其他类型的隔断。

设计：拉戈·希拉勒 Iago Seara　　摄影：© 尤金妮·庞斯 Eugeni Pons　　地点：西班牙巴塞罗那

充分考虑产品和它所服务的女性，这个项目必须满足现代建筑的首要目标。

拉戈·希拉勒的这一翻新作品将作为安东尼奥·伯南斯女装的销售地。功能性是该设计的首要目标。展示品要被快速认同，赢得更多的女性购买者。

设计者必须将这些目标记在心里。与这些出售的衣服一样，该空间使用天然材料。木材和石材也被用来做各种贴面和装饰材料。

商店共分为4个楼层：两个地下楼层和两个地上楼层。楼层之间原有的双层高度的通道被再度利用，使所有空间都能相互连通。为了加强效果，通道中的楼梯也被设计成开放式的。

除了增加一些木质饰品，正立面几乎完全保留了原有设计。阿利坎特石铺设地板，竖向的墙体是由石膏预制的。

与其他安东尼奥·伯南斯商店一样，室内照明是该设计中最微妙的地方。在营造一个空间时，它的作用是极其重要的。它不仅能集中、模糊或突出展品，同时也创造了一种适合购物的轻松氛围。

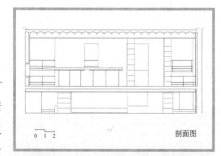

0 1 2　　　　　　剖面图

慕尼黑珠宝商店 Jewelry Shop

设计：兰朵与金德巴彻工作室 Landau & Kindelbacher
摄影：© 迈克·亨特里奇 Michael Heinrich   地点：德国慕尼黑

极简主义不仅仅意味着除去修饰，也意味着更加强调形状和空间。

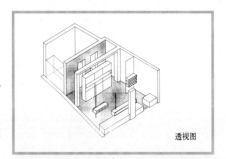

透视图

珠宝店坐落在该市二战后重建的商业区。这里包括展览区、销售区、各种珠宝的设计间和制作间。

设计师决定不以传统的方法划分空间。他们打开制作间和商铺之间的隔断，形成通畅的视觉感受。透明的展区、灰色墙壁和地板，使这里具有纵深的空间感。

设计中包括各种类型的展示柜。最大的展示柜以不锈钢作为主体，中间设有一个横向的玻璃展箱，下部设有一个装有滑轮、收银机和抽屉的柜台。一套枫木家具可绕着它自身的一根钢柱转动。钢板制成的展示窗以玻璃围合，使人们能够清晰地看到展示的珠宝。

设计者非常注意照明的运用，所有展品都得到了应有的烘托。照明设施安装得很隐蔽。天棚上方设置了一些小聚光灯，但珠宝的照明还是主要通过装在展示柜里的卤灯来进行。

MA 画廊 MA Gallery

设计：广义有马与城市第四工作室 Hiroyuki Arima ＋ Urban Fourth
摄影：© 冈本幸治 Koji Okamoto   地点：日本福冈 Fukuoka

广义有马工作室是摒除传统感觉的化身，具有进步的建筑眼光。

本画廊包括展区和画廊主人的工作间。画廊主是一个塑料工艺师。画廊设置了5根柱子，竖立在16.5米长的陡坡上。

本画廊使用了各种常见建材：水泥、雪松、聚碳酸酯、钢板和金属栅格。材料的配合产生了一个交流通畅的、灵活多变的空间。该设计将使展区和工作室获得更多的自然照明。为了保持空间的私密性，特别将这两个区域与建筑其余部分分开。

画廊中较高的楼层用来展示艺术品，从这里也可遥望玄子纳塔湖。艺术品置于玻璃展台之中，光线透过展台穿入下一个楼层，使楼层之间形成空间上的连续和流动之感。

斜坡的石质表层，使得每一楼层自承重外加支柱支撑的方案成为可能。这使该设计得以更加灵活，不必考虑建筑规范要求，自由地把柱子分布在不同平面上。

平面图

0 2 4

M 别墅 M House

设计：妹岛和世 Kazuyo Sejima、西泽立卫 Ryue Nishizawa
摄影：© 新建筑社 Shinkenchiku—Sha 地点：日本东京

设计中的智慧和灵感收到了令人惊异的完美效果。

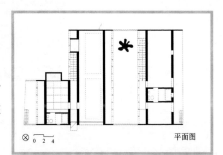

平面图

M别墅体现了设计的灵活性和技巧性。该别墅由日本建筑师妹岛和世主持建造。

除了南侧临街之外，这座别墅几乎完全被别的建筑围合起来。对大多数人来说，临街的房子意味着他们必须建造高墙、拉起窗帘来获取私人空间。这是一个矛盾，别墅设置了开放的渠道，但是又必须再把它们关上。因此，别墅与环境的关系、保留私人空间成为本项目基本的前提。

该设计一个突出特点是挖掘地道以建造地下室，其中设置了一个天井来改善日照和通风条件。天井把地下室与地上楼层、街道和天空联系起来。一层被过道、楼梯、天井等加以横向分割。车库、主卧室及客房等需要相对较独立空间的房间都设置在这一层。一层之下的楼层面貌更为单一，它围绕着天井，设置了厨房、餐厅和工作间等空间。

太宰府别墅 House in Dazaifu

设计：广义有马工作室 Hiroyuki Arima
摄影：© 冈本幸治 Koji Okamoto　　地点：日本 太宰府 Dazaifu

本设计特别注意了由建筑空间产生的愉悦感。

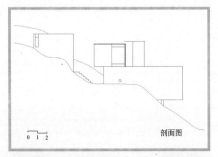

0 1 2　　　　　　　　　　　剖面图

日本建筑表达着一种很特别的文化气氛：未来主义在美学和建筑功能上都对传统建筑形成了深刻影响，孕育了西方建筑中所没有的特殊感觉。最激进的前卫建筑可以被视为跨向未来的步伐，但也未曾失去长达千年的文化底蕴。

要融入这一特殊的背景，广义有马的建议是尽可能利用建筑物的环境和自然光，即使这意味着减少房间的使用功能。这种前卫的设想试图寻求室内外空间的连续性，在视觉上和现实中建立两者的关系。建筑师通过室内植物和通风系统，将大自然带入建筑之中。

该建筑建立在一个斜坡上，分为两个相互独立的部分，中间相隔10米左右。

各个细节都得到建筑师的仔细考虑，比如优质的木材、精心设计的照明系统以及雕塑般的楼梯。它们所带来的多样化和享受自然的感觉几乎伸手就可以触摸得到。

沼泽时装商店 La Cienaga

设计：石郫安井 Hideo Yasui
摄影：© 纳卡萨工作室 Nakasa & Partners   地点：日本东京长野 Nagano—ken

建筑师运用一些照明效果，使顾客产生身处舞台的感觉。

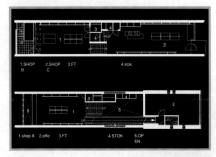

为了创造明亮、通透和多空间的氛围，建筑师极为谨慎地对待其中的3种材料——水泥、金属和玻璃。由预制水泥板制成的两面侧墙构成了整个空间的边界。它们由建筑的立面伸出，伸向街道，赋予该商店一个整洁而连续的外观，从而使它由周围的混乱状态中突出出来。在循环楼梯和屋顶设计中采用各种金属构件，而建筑立面、隔断以及家具中大量运用了玻璃这一元素。

这一设计表达了典型的日本式空间：一个独立的矩形空间，前部很窄，但进深却非常大。

这幢建筑的自然照明经过精心设计，远非传统的自然照明可比。非自然照明则特意强调了它们照亮的物品的特性，而且注意避免照明设施显露出来。这些照明设施中混合了其他的元素，从而使整个空间内涌动着一种动态氛围。

芬迪时装商店 Fendi

设计：拉萨李尼与皮克林建筑工作室 *Lazzarini & Pickering*
摄影：© 马托奥·匹萨 *Matteo Piazza*　地点：意大利罗马

建筑师的设计手法是减少形式上的拘泥，加强空间的功能性。

时至今日，小商铺与画廊之间的差异变得越来越小了，人们甚至故意制造这两者的相似点，目的在于赋予建筑更多的附加值，使衣服和商品的意义不仅仅只是时尚。

拉萨李尼·皮克林的建筑师们采用了不同的手法来表现当今世界上极为流行的极简主义。选料是非常重要的：地板和架子采用粗糙的金属表面，桌子是黑木的，涂有石膏的墙壁上则带有明显的金属光泽。

设计风格上的洗练，被灵活摆放的各种陈列架巧妙地加以中和。特别设计的家具是完全机动的，可以来回移动形成不同的组合。

商店共有4层，但商业活动主要集中在第一层。为了改变店内原有的呆板分割，建筑师使家具尽可能地时尚起来，或者让它们形成竖向的分隔，创造出一种空旷和灵活的室内氛围。

马罗时装商店 Malo

设计：克劳迪奥·纳德 Claudio Nard   摄影：© 马托奥·匹萨 Matteo Piazza   地点：意大利米兰

暗色系与商品的鲜艳色彩形成对比，荧光、人工照明和一些半透明材质则构成这一设计的基调。

由克劳迪奥·纳德带头的工作室用世界性的设计手法把这家商店变得更复杂、更时髦，同时也更具有诱人的活力。

商店共有两个楼层。一层为入口，是男装的陈列区域，二层则摆满了女装和家居用品。楼梯的设计为整个室内空间提供了一道简单却华丽的线条。为了避免使用栏杆，建筑师们在一侧设立了厚玻璃墙，同时在楼梯上铺上棕灰色的皮革。

照明系统的设置是营造宁静氛围的方式之一。建筑师在这个商店中安装了无数灯具。半透明的墙板用来过滤这些光线，把它们的冷冽变为暖暖的温情。雾化的香气以及柔和的音乐进一步加强了这种效果。天棚上安装了聚光灯，使展示的服装显得很耀眼。店内共有两种陈列架，一种是在抛光钢构件上镶嵌玻璃的架子，另一种则是灰色的木质展架。

商店的平面呈矩形，因此物品多为直线分布，通道上散布着一些灯罩、绒线沙发（同样由克劳迪奥·纳德设计）等独立元素。商店的一角还设有一个小小的禅宗花园。

malo

乔治·阿玛尼时装商店 Giorgio Armani

设计：克劳迪奥·西尔弗斯坦事务所 Claudio Silvestrin Architects
摄影：© 克劳迪奥·西尔弗斯坦 Claudio Silvestrin　　地点：意大利米兰

该设计的突出之处在于其简单的风格、品牌的个性以及精美、有品味的装饰。

这一设计要在米兰最具历史气息的地区建立一个现代的时装商店。它以平静的线条和极简主义风格为特征，在某种意义上，回应了附近修道院的建筑风格，并尽可能地融入到周围的城市背景之中。

商店的主入口立着一面高约 7.5 米的石墙，它的后侧是一个不大的门厅。商店内部有两个矩形空间，对于它们的设计体现了一种向传统的回归。两个空间以一个楼梯相连，但又技巧地被陈列架隔开。位于楼层后部的石墙可以遮挡住正在更衣的顾客。

精心设计的照明系统，强调了商店内的商品和它们的质地。墙壁和地板的光影在很大程度上取决于有多少自然光照射在上面，与此同时，人工强化了石材表面的纹理效果。

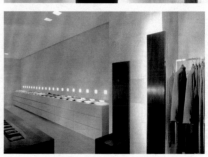

艾斯旅馆 Ace Hotel

设计：马莱建筑工作室 Mallet Architects

摄影：© 吉姆·亨克斯 Jim Henkens、查德·布朗 Chad Brown　　地点：美国西雅图

朴素、尽量减少眩目的色彩、精简元素、光的合理运用……

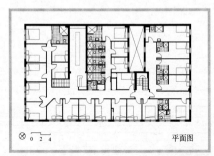

平面图

坐落在西雅图市中心的艾斯旅馆将满足旅行者最苛刻的要求。由于材料的运用，室内空间呈现出未来主义的氛围。与此同时，它极为舒适，表现出一种欧化氛围和易于理解的极简主义风格。这一切与建筑本身透出的古典主义相得益彰。

尽管资金有限，建筑师们还是成功地将这座历史建筑转变为堪与纽约街头的SOHO建筑相媲美的现代旅店。专业的灯光设计和漂亮的柱子，造就了室内的美感，并且使室内空间看上去显得紧凑了许多。

要去前台的旅客必须先走过几道玻璃门并走上一段陡峭的核桃木楼梯。这是一段很小的空间，根据极简主义的审美原则进行修饰，精妙而简朴，采用了最经济的材料和设计元素。楼梯顶部设有一些抛光的石材，这是旅馆的接待处，而门厅就在它的左侧。

客房使人们再次融入到整个建筑散发出的和谐氛围之中。

亨佩尔宾馆 The Hempel

设计：阿诺斯卡·亨佩尔 Anouska Hemple   摄影：© 贡纳·克雷彻尔 Gunnar Knechtel   地点：英国伦敦

在这个建造新型宾馆的尝试中，阿诺斯卡·亨佩尔倾向采用极简主义、高科技材料和东方式的朴素风格。

具有前卫气息的东方胜地是亨佩尔给这座宾馆所下的定义。宾馆本身，甚至它附带的幽静花园无处不渗透着禅的精义。在室内设计方面，如何以西方的手法表现日本这一朝阳国家所具有的平和与简单，是该设计的精华所在。

5座乔治亚风格的宾馆坐落在海德公园北侧，共包含50间客房、6个豪华套间和6个单元住宅。一眼望去，会觉得它们的外立面与伦敦建筑的传统风格结合得很好，但仔细看看，仍会发现不同之处，比例恰当、呈几何形式的静谧花园直接将客人引向客房，而房内与建筑外部一样，弥漫着平衡和清爽的气氛。

最引人注意的是建筑师使用的色调、结构和材料。材料包括地板上铺设的浅褐色波特兰（美国一城市）石材，黑色比利时石材和卫生间的大理石；而色彩则包含着黄、灰、黑等几个主要的色系，分别代表着平静与详和。每个房间的室内风格各不相同，为住宿的旅客提供了更多选择空间。这座宾馆的出现为"豪华"和"舒适"写入了新的含义。

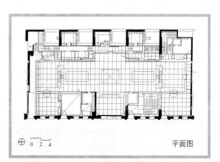

平面图

瑞典索尼唱片公司 Sony Music Sweden

设计：克拉斯·柯艾维斯托·鲁恩建筑工作室 Claesson Koivisto Rune Arkitektkontor
摄影：© 埃森·林德曼 Eson Lindman　地点：瑞典

隔板、玻璃柜和玻璃隔墙将不同部门所在的开放工作区分割开来。

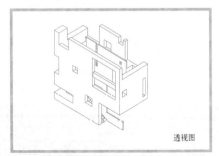

透视图

瑞典索尼唱片公司坐落在斯德哥尔摩市中心一幢过去是教堂的老建筑之中。这幢建筑共6层，极为高耸。在室内设计上，一组楼梯在视觉上及现实中成为整个体系的主导。建筑师尽量避免传统唱片公司的僵硬和功能特点，提供了一个便于交流的空间。

该方案是开放和封闭的有机结合。封闭的空间，如大大小小的会议室、录音室，与完全开放的工作空间自然地结合在一起，特别突出的一点是，建筑师以一个特别巨大的开放空间为中心组织划分各个功能区。

两个楼梯成为不同楼层间的连接方式，同时在视觉上形成空间的不断变化。

该建筑的结构很复杂，但设计元素却相当简单。简单、无修饰的材料、没有遮藏的中楣和玻璃窗是设计中引人注目的重点。

八角公司 Octagon

设计：弗朗西丝·雷夫 Francesc Rife　　摄影：© 尤金妮·庞斯 Eugeni Pons　　地点：西班牙巴塞罗那

运用新的建筑方案，那些截然相反的元素并没有妨碍该建筑内遗留部分的一体性。

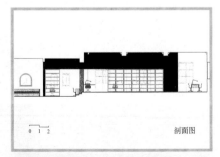

剖面图

重建这些座落在加泰罗尼亚艾尔特一潘纳德斯地区的办公室，意味着要用现代手法替换其19世纪的风格。建筑师既要保留原有的设计精华，同时又要适应新的室内活动要求。

这座建筑在最初的计划中是一个博物馆，随着时间的推移，它变成一座图书馆。而现在，它是八角公司——一个著名咨询、营销公司——的总部。该建筑有两个侧楼，通过楼梯与主楼相连。

建筑师在重新设计时，试图尽可能地保留原有的建筑结构，屋顶和地板都是该建筑原有的设计。新的室内空间显得有序而干净，"对比"成为其中最强烈的元素。

醒目的红色墙壁和屋顶与纯净、清冷的白色构成对比，再加上金属构件与木质地板在视觉上的差异，造就了令人心动的美感。原有的设计元素很好地对新设计做出补充。简单而线条明晰的特制家具使室内的美感进一步得到增强。

慕尼黑赫尔伯林技术中心　Helbling Technik Munich

设计：亨米·费耶特 Hemmi Fayet　摄影：ⓒ汉斯·亨斯 Hannes Henz　地点：德国慕尼黑

一种精细、流行，但又十分朴素的艺术气息，渗入到富含个性的室内设计的各个细节之中。

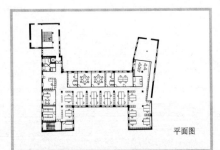

平面图

建筑内部全部以白色粉刷，这在视觉上增强了空间感，同时便于把自然光反射到建筑各个角落。它与一些家具的黑色以及门上透明的玻璃嵌板形成了强烈对比。

楼层平面划分得很不规则，不同功能区一个接着一个，它们的过渡相当自然，毫无障碍。工作区是一个宽大透明、看上去有些像阁楼的开放空间。办公桌摆在靠窗的一侧，会议室和办公室与其相对。半透明的玻璃墙与不同色彩的门分割了空间，但仍保持着两个区域间方便的交流。建筑内还有一个区域，它的墙壁是半透明的玻璃嵌板以及不同颜色的、可以从地板移动到天棚的遮光板组成。红、绿、蓝等一系列的色彩变化与蓝色的地毯共同创造出动感、热烈的气氛。

ZITO 双子座丛书

这套"双子座"建筑艺术丛书极其注重内容上的对比性，揭示了艺术领域中许多对立而又相互依托的有趣现象。它既讨论了建筑界各种设计风格之间的比较，也分析了建筑界与跨领域学科之间的联系与对比。它们全新的视角尤其值得注意，在著名建筑师与画家之间展开了别开生面的比较，以3个部分进行阐述，建筑师和画家各自生平简介以及主要作品的赏析各占一个部分，第三个部分则是对两位艺术家所创作的艺术形象及其艺术理念的比较。每册定价38元。

极繁主义建筑设计

极简主义建筑设计

瓦格纳与克里姆特

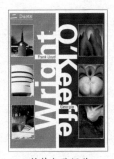

赖特与欧姬芙

米罗与塞尔特

达利与高迪

里特维尔德与蒙特利安

格罗皮乌斯与凯利